Il faut ranger

Il faut ranger

Patricia Jensen

Illustrations d'Anthony Lewis

Texte français de Dominique Chichera

Éditions
SCHOLASTIC

Catalogage avant publication de Bibliothèque et Archives Canada

Jensen, Patricia
Il faut ranger / Patricia Jensen; illustrations d'Anthony Lewis;
texte français de Dominique Chichera.

(Je veux lire)
Traduction de : The Mess.
Public cible : Pour les 3-6 ans.
ISBN 0-439-94207-1

I. Lewis, Anthony, 1966- II. Chichera, Dominique III. Titre.
IV. Collection : Je veux lire (Toronto, Ont.)

PZ23.J449Il 2006   j813'.54   C2006-902965-2

JUL   2007

Édition publiée par les Éditions Scholastic, 604, rue King Ouest, Toronto (Ontario) M5V 1E1.

5 4 3 2 1   Imprimé au Canada   06 07 08 09

Note à l'intention des parents et des enseignants

Dès que l'enfant sait reconnaître les 44 mots utilisés
pour raconter cette histoire, il peut lire le livre en entier.
Ces 44 mots apparaissent tout au long de l'histoire pour que
les jeunes lecteurs puissent facilement les retrouver
et comprendre leur signification.

à	courir	je	peux
aller	dans	jouent	rangée
amis	des	jouer	rire
amuser	en	la	sortir
aujourd'hui	enfin	les	sur
avec	entends	ma	un
buissons	est	maintenant	voilà
cache-cache	et	mes	vois
chambre	fouillis	ne	vont
chansons	glissoire	ni	vrai
chantant	ils	pas	youpi

Je ne peux pas sortir aujourd'hui.

Ma chambre
est un vrai fouillis.

J'entends mes amis rire.

Je vois mes amis courir.

Ils jouent à cache-cache
dans les buissons.

Ils vont sur la glissoire
en chantant des chansons.

Je ne peux pas courir

avec mes amis.

Je ne peux pas jouer à cache-cache
dans les buissons,

ni aller sur la glissoire
en chantant des chansons.

Voilà, ma chambre est rangée.
Youpi!

Maintenant, je peux aller jouer!

Je peux enfin sortir et m'amuser!

JE VEUX LIRE

Des monstres!

Il faut ranger

Je choisis un ami

Je sais lire

Je suis le roi!

Je suis malade

Je suis une princesse

Le nouveau bébé

Ma citrouille

Ma nouvelle ville

Mes camions

Mon gâteau d'anniversaire